Heidi Witzig

Alphabet der Sinne

für Fortgeschrittene

www.tredition.de

© 2020 Heidi Witzig

Lektorat: Dr. Matthias Feldbaum, Augsburg

Verlag und Druck:
tredition GmbH, Halenreie 40–44, 22359 Hamburg

ISBN
Hardcover: 978-3-347-18388-9
Paperback: 978-3-347-18387-2
E-Book: 978-3-347-18389-6

Bibliografische Information der Deutschen Nationalbibliothek: Die Deutsche Nationalbibliothek verzeichnet diese Publikation in der Deutschen Nationalbibliografie; detaillierte bibliografische Daten sind im Internet über http://dnb.d-nb.de abrufbar.

Vorwort

Hallo, liebe Leser!

Aus einer Laune heraus malte ich einmal die Buchstaben von A–Z so, dass ich kleinere Geschichten darin unterbringen konnte. Guten Freunden schenkte ich für ihren jeweiligen Anfangsbuchstaben ihres Vornamens eine von mir passende Geschichte dazu.

So entstand der erste Band „ALPHABET DER SINNE".

Inzwischen habe ich die Inhalte der Buchstaben erweitert mit anderen, neuen Inhalten und Geschichten. Was daraus entstanden ist, möchte ich Ihnen in diesem zweiten Band „Für Fortgeschrittene" vorstellen.

Wiederum kann sich jeder seine eigenen Geschichten daraus bilden und zusammenreimen. Die Menschen werden aufgefordert, die Kleinigkeiten wahrzunehmen und sie den jeweils passenden Geschichten zuzuordnen. Der Fantasie sind keine Grenzen gesetzt.

Ich wünsche Ihnen allen eine vergnügte und abwechslungsreiche Unterhaltung.

Herzlichst, Ihre Heidi Witzig

AM ANFANG erschuf Gott die Welt,

er brachte uns Licht, hat den Tag erhellt.

Mit Adam und Eva fing alles an,

und der Menschenfischer zeigt, was er kann.

Alle für einen in großer Not,

auf der Arche Noah, in einem Boot.

$\mathcal{D}$er Buchstabe B sagt so vieles aus,

über BÜCHER, die BIBEL, BÄUME und BRAUCH.

BUNT ist die Welt, bunt die Natur,

du liebst das BESONDERE in Wald und Flur.

Ein BRUNNEN im Garten, die BAHN vor der Tür.

Sie lässt uns nicht warten, auch BIENEN sind hier.

Ein BÄCKER hört zu, wie die die BLASMUSIK spielt,

im richtigen Takt spielen sie zu viert.

Der BAUM gibt uns viel Kraft,

ihr müsst ihn gar nichts fragen,

er zeigt uns schnell, wie man es schafft,

ein neues Kleid zu tragen.

*M*it CHIC und CHARME
begeisterst du Menschen auf jede Art,

mit deinem Duft, CHANEL Nummer 5,

kommst du ganz leicht in Fahrt.

In Windeseile steuerst du rasant dein CABRIO,

schaust wie die Queen, lächelst charmant,

Begeisterung macht froh.

*T*rotz DACKEL, DONNER, DOLLAR

hat ein DELPHIN viel Spaß,

wird auch sein Bauch noch voller,

er liebt das kühle Nass.

Die DORNEN an der Rose,

der DAMPFER auf dem Meer,

der fischt so manche DOSE raus,

im DUDEN steht noch mehr.

*Ü*ber ENGEL, die EHRFURCHT in Gottes Haus,

sagt der Buchstabe E sehr vieles aus.

Über Tiere, den ESEL, den ELEFANT,

über ELTERN, sie halten sich fest bei der Hand.

Von oben schaut Gott, bei Tag und bei Nacht,

Auf unsere ERDE, die er immer bewacht.

Die EULE sitzt ruhig, wartet ab, was geschieht,

das EICHHÖRNCHEN fühlt sich gestört und flieht.

Ein kleiner ENGEL ruft euch an,

vergisst nie die Seele, die fliegen kann.

*M*it FROHSINN und mit FREUDE

gehst du zu jeder FESTLICHKEIT,

triffst FREUNDE aus der FERNE,

kein Weg ist dir zu weit.

Mit einem FLUGZEUG fliegst du,

machst FERIEN an Land,

wohin die Reise geht,

ist dir noch unbekannt.

Du liebst das FREIE Leben,

im Zelt oder im Bus,

selbst in der Luft, im FLUGBALLON,

kommst du zu dem Genuss.

Schaust FRÖHLICH runter auf das Meer,

siehst hinter dir die Berge,

und wenn du noch an Märchen glaubst,

FINDEST du auch Zwerge.

*J*n einem GARTEN wunderschön,

kann jeder auf Entdeckung gehen.

Die GEDANKEN sind frei, niemand kann sie erraten,

sie gehören nur dir, werden nicht verraten.

Einen Freund, dem ich ins Ohr flüstern kann,

dem vertraue ich meine GEHEIMNISSE an.

GEBORGENHEIT heißt, die Ruhe genießen,

zwei Arme zu spüren, die dich herzlich umschließen.

Mit GELASSENHEIT, Ruhe, GEDULD etwas GLÜCK,

bekommst du im Leben alles zurück.

GOTT hat dich geführt, GOTT hat dich gelenkt.

Er hat dir viele GABEN geschenkt.

Schaut in den HIMMEL wie die Sonne lacht,

ein trauriges und lächelndes Auge wacht.

Zwei HERZEN dort oben mit Kirchengeläut,

ist, was auf Erden den Menschen erfreut.

Was kann es noch Schöneres geben,

ein HOTEL, HARMONIE, das ist euer Leben.

Ein HAUSBOOT, ein HAFEN, ein HOCH und ein Tief,

die Kirchturmspitze steht immer noch schief.

Habt Sonne im HERZEN, dann komme was mag,

Sie leuchtet voll Licht euch am dunkelsten Tag.

*A*uf einer INSEL froh und flink,
begegnet mir ein Schmetterling.

Er IRRT umher in Stadt und Land,
IRIS habe ich ihn genannt.

INTELLIGENT und INTERESSIERT
schaut er sich um, was wo passiert.

Ist immer schnell, ist stehts bereit,
als Helfer in der Not und Freud.

Vielleicht, habt ihr es selbst erlebt,
wie zahm er ist und sich bewegt.

Reicht ihm die Hand, ihr werdet sehn,
er ist auch schlau und wunderschön

ITALIEN, ISLAND, INDONESIEN,
da war manch einer nie gewesen.

Sogar in IRLAND und ISTANBUL
hat er den Rüssel noch nicht voll.

Er ist ein lieblich kleines Ding,
IRIS heißt mein Schmetterling.

Zum Buchstabe J fällt mir JESUS ein,

Dort saß er mit den JÜNGERN

bei Brot und beim Wein.

JA sagt er zum Leben,

mit Kraft und viel Mut.

Zu seinem Volk in JERUSALEM

blieb er menschlich und gut.

Das JA klingt beständig, ehrlich und frei,

JA und Entschlossenheit sind auch dabei.

JA steht für die Liebe, gemeinsames Glück,

JA für deine Ziele, schau nach vorn, nicht zurück.

Wer JA sagt zum Schicksal, den führt es voran,

den Widerstrebenden nur, wenn er kann.

*K*LAR wie der Himmel,

so KLAR sind deine Gedanken,

KLAR ist das Meer,

nur ein Schiff würde wanken.

KLUG ist der Weise, der da spricht:

Verlasse deine Träume nicht.

Belege KURSE, sei fleißig,

pack die KOFFER still und leise.

Werde KAPITÄN auf einem Schiff,

und beginn deine Reise.

Die größte KUNST,

über alles zu lachen,

kann das Beste sein,

aus der KUNST was zu machen.

Der KLUGE horcht auf die Vergangenheit,

Er braucht KLARHEIT, ist strebsam,

für die Zukunft bereit.

$\mathcal{L}$EBE, LIEBE, LACHE,

lerne viel und mache,

LACHE, nimm es wahr mit Sinnen,

so kannst du den Tag beginnen.

LIEBE, wenn du glücklich bist,

und die Zeit dabei vergisst.

LEBE jetzt in dieser Welt,

LEBE, wie es dir gefällt.

Denn wer den Tag LEBT und mit LIEBE

und einem LACHEN beginnt,

hat ihn bereits für sich bestimmt.

MUTIG diesen Berg erklimmen,

MUTIG auf dem Sprungbrett stehen,

MUTIG in die Wellen springen,

ach, wie ist das Leben schön.

MUTIG in der Luft zu schweben,

MUTIG sein im Schwergewicht,

Mut zu haben auf das Leben,

MUTIG sein im Gleichgewicht.

MUT in allen Lebenslagen,

MUTIG sein gehört dazu,

Doch nicht jeder wird es wagen,

mancher drückt ein Auge zu.

Schaut alle nach oben, schaut in die NACHT,

ein Engel erscheint in seiner Pracht.

Er zeigt uns den Herbst,

langsam geht er zur NEIGE,

Der Winter rückt NÄHER,

kahl werden die Zweige.

Es NERVT die Musik,

die NACHT ist nicht lang,

der eine hat Schnupfen,

ein anderer wird krank.

Die NÄCHSTENLIEBE

in dieser NOVEMBERZEIT,

hilft den Menschen in NOT

auf der Welt weit und breit.

Auch Tiere suchen die NÄHE,

die NAHRUNG, ein Heim,

NIEMALS soll NIEMAND

mehr alleine sein.

OMA und OPA sitzen eng zusammen,

Sie genießen am OFEN die Wärme der Flammen.

OFFEN erzählt man im ORT,

die Zeit bleibt hier stehen,

Und die alte ORGEL in der Kirche

klingt auch nicht mehr schön.

Der OCHS steht im Garten und schaut nach oben,

man soll den Tag nicht vor dem Abend loben.

Was gibt es zu Fressen in diesem Garten?

OH Gott im Himmel, lass mich nicht warten.

Der OMNIBUS rast mit der Linie 8,

OH, zum Glück hat ihn aber ein Engel bewacht.

Ein Planetarium in PARIS wäre ganz schön,

Mit dem Fernrohr könntest du alle PLANETEN sehn.

Du siehst Merkur, die Venus, den Mars aus der Ferne,

mit Jupiter umkreisen sie alle die Erde.

PLUTO dagegen liegt sehr, sehr weit weg,

Ihn mit bloßem Auge zu, suchen, hat gar keinen Zweck.

Wer kennt sie nicht, die POLIZEI,

die Flaschen-POST, den PAPAGEI.

Ein PULVERFASS, auf dem man schwitzt,

mit Angst und Bange, darauf sitzt.

PRINZESSIN schaut auf PINGUIN,

der Maler kriegt sein PLAKAT schon hin,

Der PATER singt, die PRESSE schreibt,

zum Nordkap ist es ganz schön weit.

Aus Norden leuchtet uns ganz fern

der größte, hellste POLAR-STERN.

Er ist es, der die Nacht erhellt,

auf dieser Welt, die mir gefällt.

*L*ateinisch heißt QUINNIUS:

Verliert euch nicht oder findet euch wieder.

Haltet zusammen und singt frohe Lieder.

das QUAKEN der Frösche hilft euch dabei,

versteckt an der QUELLE mit Entengeschrei.

Und aus der QUELLE schleicht jemand an,

eine QUALLE pirscht sich an die Fliege heran.

Doch fragt man sich: Wo kommt die her?

Sie hat sich verschwommen,

die gibt's nur im Meer!

Ob REGEN oder Sonnenschein,

mit ROLLSCHUH fahr ich gern allein,

und gönne mir die RAST und RUH,

schließe beide Augen zu.

Träum von REISEN in der Luft,

schnupper einen ROSENDUFT,

träum vom RADELN um die Welt,

dorthin wo es mir gefällt.

Träum von Wellen, weiß mit Schaum,

Eisenbahn weckt mich aus Traum.

Mit meinen ROLLSCHUHEN ganz allein

fahre ich gemütlich heim.

Zu Hause steht auf jeden Fall

Dein Freund, das Rennpferd, vor dem Stall.

Wer im SIEBENTEN Himmel nicht mit mir tanzt,

wird auch im Regen nicht bei mir sein,

Und wer im STURM nicht bei mir ist,

den brauch ich auch nicht im SONNENSCHEIN.

SORGE dich nicht, lass die SORGEN zu Haus, SUCH

dir ein Plätzchen, spaziere hinaus.

SETZ deine SEGEL im Wind,

SUCH nach dem SINN des Lebens,

Freue dich wie ein Kind,

es ist nicht vergebens.

Seid nicht TRAURIG,

schaut lieber den Kirchturm an,

er steht immer an gleicher Stelle,

man hört TASTENKLÄNGE,

wenn man kann,

seid lieber wachsam und helle.

Wenn ich TANZEN will, dann TANZE ich.

Wenn ich TRÄUME, werde ich still.

Wenn ich TÄGLICH die Dinge betrachten lerne,

Werde ich bald wissen, was ich will.

Ein TROPFEN Liebe ist mehr als ein Ozean,

Wille und Verstand.

Auch TRÄNEN, wenn man liebt, müssen sein,

das ist uns allen bekannt.

*E*s läuft die Zeit, die UHR tickt leise,

Menschen gehen auf die Reise. URLAUB

endlich, welche Freude, Hauptsache mal andre

Leute. UNTEN schläfst du ein am Strand, holst

dir einen Sonnenbrand.

Wo man liegt und wo man steht, UNRAT liegt

auf jedem Weg, Deshalb fahr ich UNGERN

weg, URLAUB machen hat keinen Zweck.

URGEMÜTLICH, schnell hier raus, mach ich

mir es schön zu Haus. Und ein UHU denkt

sehr weise: Jeder lebt mit seiner Meise.

Heut, an dem besonderen Tag
komme nur was kommen mag:
VERLIEBT bis über beide Ohren,
habe ich mein Herz VERLOREN.
Schnell VERLOBEN, dass wäre schön,
jeder würde mich verstehen.
Und was würde das bedeuten?
Ich hör schon die Glocken läuten,
Weißes Kleid und schwarzer Frack,
schnell die Ringe und zack, zack,
Kinder her und Blümchen streuen,
alle werden sich dann freuen.
Weiße Tauben, endlich frei,
oh, wie schön und schnell vorbei.
Hochzeitskutsche wartet schon,
Pferdchen galoppiert von vorn.
Ein Gejubel, Menschen winken,
Pferdeäpfel fallen, stinken.
Angekommen, Strauß geschmissen,
Schleier wird danach zerrissen,
Alles, was so prachtvoll war,
Wurde mir erst später klar.
Hochzeitsreise, Urlaub, Licht,
wer hat meinen Strauß VERGISSMEINICHT?

$\mathcal{D}$ie sieben WUNDER der WELT

In der Schule gab eine Lehrerin ihren Schulkindern eine Aufgabe auf: Sie sollten alle auf einen Zettel die sieben WELTWUNDER aufschreiben.

Die meisten Schüler beschrieben eine Rangliste wie folgt: Pyramiden von Gizeh, Grand Canyon, Panamakanal, Empire State Building, Taj Mahal, den Petersdom und die Chinesische Mauer.

Beim Einsammeln der Resultate merkte die Lehrerin, dass eine Schülerin noch arbeitete. Deshalb fragte sie die junge Dame, ob sie Probleme mit der Liste habe.

Sie antwortete: „Ja, ich konnte noch keine Entscheidung treffen. Es gibt so viele WUNDER." Die Lehrerin forderte sie auf, das vorzulesen, was sie bereits auf dem Zettel niedergeschrieben hatte. Die Schülerin zögerte und sagte dann:

„Für mich sind dies die „WELTWUNDER": Sehen, hören, sich berühren, riechen, fühlen, lachen und lieben!"

Im Raum wurde es ganz still.

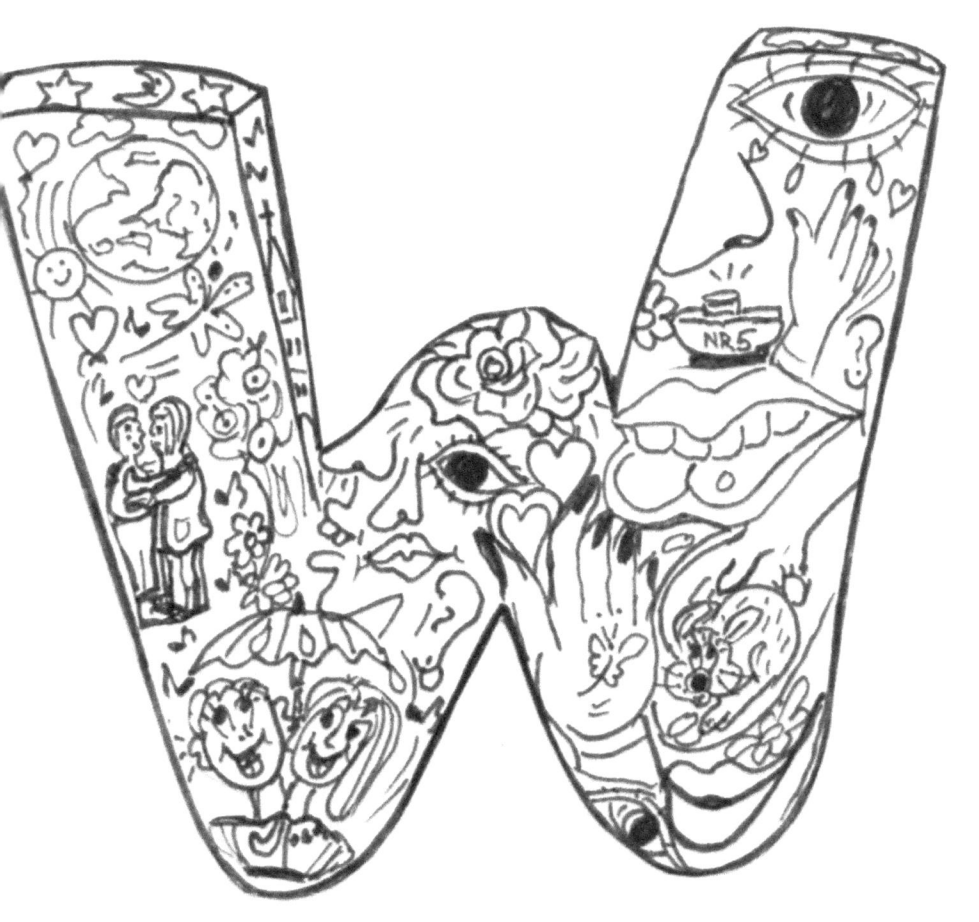

$\mathcal{E}$in XYLOPHON ist ein Instrument
mit gestimmten Klangstäben, die aus Holz
oder Bambus bestehen und mit Schlegeln
angeschlagen werden.

Jeder kann ihm ohne viele Vorkenntnisse
Töne entlocken.

Ein Schlagspiel für große und kleine Kinder.

XANTHIPPE, so nannte Sokrates,
ein griechischer Philosoph, seine Ehefrau.

Das bedeutet: Zänkisch und immer schlecht gelaunt …

Mit einer YELLOW YACHT im Hafen,

fällt man auf und kann gut schlafen.

Mit YOGA hält man sich dort fit,

und YOUTUBE filmt sie alle mit.

Bei YIN UND YANG, bei Mann und Frau,

unterscheidet man genau.

Da zieht man Gegensätze an,

die man ganz leicht erklären kann.

YIN ist das weibliche Geschlecht,

Sie liebt die Ruhe, und Dunkelheit ist ihr recht.

YANG ist das männliche Geschlecht,

er liebt es sehr, ist der aktive,

ist ohne Zweifel sehr gerecht,

sieht Helligkeit als Perspektive.

Gibt es die ZUFÄLLE, die keine sind?
ZUFÄLLE erleben Menschen blind.
Ich glaubte an keine ZUFÄLLE mehr,
meine Achtsamkeit brachte mir sehr viel mehr.
Wie oft habe ich am Wegesrand
die kleinen Dinge nicht erkannt.
Ein hübscher ZUFALL kam mir recht,
der ZWEITE ZUFALL wirkte echt.
Der Dritte war schon sonderbar,
dass es für mich kein ZUFALL war.
Ein ZUFALL, der drei Jahre ging,
 begann mit einem Schmetterling.
Er zeigte mir ganz unverdrossen,
als wäre er in mich verschossen.
Kein ZUFALL, er war immer da,
ein Märchen wurde für mich wahr.
Ich wünschte mir, es sollt so bleiben,
nach meinem Traum, ein Buch zu schreiben,
Drei Falter kamen an der ZAHL,
kein ZUFALL, nur ein ADMIRAL.
ICH male mir meine ZUKUNFT
in bunten, fröhlichen Farben
Und tue heute alles dafür, dass sie so ist,
wie ich sie haben möchte.

EIN DANKESCHÖN:

Es ist ZEIT für das, was war. Es
ist ZEIT, danke zu sagen, Damit
das, was werden wird, unter
einem guten Stern beginnt. Es ist
die ZEIT:

DIE BESTE ZEIT IST JETZT!

Heidi Witzig wurde 1946 in Berlin-Spandau geboren, verbrachte eine fröhliche und unbeschwerte Kindheit in einer Wohnkolonie, wo alle, zusammen mit der Großmutter, in einer gemütlichen Laube lebten. Mit 17 wurde sie Mutter und musste ihre Friseurlehre vorzeitig beenden. 1963 zog sie mit ihrer kleinen Familie nach Oldenburg und verbrachte die Jahre von 1970 bis 1974 in Fontainebleau, Frankreich.

1995 heiratete sie ihren jetzigen Mann, mit dem sie zeitweise auch in den Niederlanden lebte. Seit 2002 wohnen beide in Mainz-Hechtsheim.

Die Idee für dieses „Buch der Sinne" entstand aus einer Laune heraus. Schon in frühester Kindheit entdeckten die Lehrer ihre Mal- und Zeichentalente, die leider nicht gefördert werden konnten. So entwickelte sich erst im Laufe der Jahre, dass sie dieses

Talent zum Hobby machte. Durch einen Freund, der dieses Talent erkannte, bekam sie die ernstzunehmende Chance, wieder zum Malstift zu greifen.

Seit dieser Zeit konnte sie sich neuen Herausforderungen und Ideen stellen.

Dieses Buch ist für Kinder und Erwachsene. Sie sind aufgefordert, auf die kleinen Dinge zu achten. Jeder sollte sich in einem dieser Buchstaben wiederfinden und seine eigene Geschichte erzählen können. Dazu sind die wichtigsten „sieben Sinne" zu entdecken.

Heidi Witzig

Alphabet der Sinne

64 Seiten
Hardcover: 978-3-347-15847-4 • 16,99 €
Paperback: 978-3-347-15846-7 • 9,99 €
E-Book: 978-3-347-15848-1 • 4,99 €

Buchstaben bilden Worte, Worte bilden Sätze – aber jeder Buchstabe und jedes Wort haben auch einen eigenen Sinn. Sie können die Fantasie des Lesers anregen und so Ausflüge in unbekannte Welten ermöglichen. Poetisch, romantisch und blickerweiternd sorgt das »Alphabet der Sinne« für neue Sichtweisen auf ganz alltägliche Dinge. Es ist ein Buch nicht nur zum Lesen, sondern dient als Anregung für eigene Wortschöpfungen und individuelle Ausblicke auf das Leben in und um uns herum.

Heidi Witzig

Der Admiral

Zufälle, die keine sind

180 Seiten
Hardcover: 978-3-347-15847-4 • 14,99 €
Paperback: 978-3-347-15846-7 • 16,99 €
E-Book: 978-3-347-15848-1 • 6,99 €

Unglaubliche Erlebnisse in einer Phase von Trauer und Leid waren der Anlass für dieses Buch.

Ihre besondere Geschichte möglichst vielen Menschen zu erzählen, war schon immer der geheime Wunsch der Autorin.

Alles begann mit einem winzig kleinen Schmetterling, einem Admiral.

Es entwickelte sich eine spannende und aufregende Zeit, mit teilweise unglaublichen Begebenheiten, die die Autorin über den Tod ihrer Mutter und ihrer Tochter hinwegtrösteten.

Dies ist ein Buch, das Kraft geben und Menschen, die Ähnliches erlebt haben, einen Teil ihrer Trauer abnehmen soll.

Zeitfracht Medien GmbH
Ferdinand-Jühlke-Straße 7
99095 Erfurt, Deutschland
produktsicherheit@kolibri360.de